la formiga

la formiga

altres títols publicats

1. *Els animals de la ciutat.* Vicente Muñoz Puelles / Noemí Villamuza (Formiga Blanca: primers lectors)
2. *Peripècies d'un rescat.* Dolors Garcia i Cornellà / Quim Bou (Formiga Vermella: 10 anys)
3. *La bruixa Katric Catrock i la fada Dolsi Tante.* Joles Sennell / Montse Tobella (Formiga Groga: 8 anys)
4. *Un cavall de foc.* Fina Casalderrey / Valentí Gubianas (Formiga Blanca: primers lectors)
5. *Gossigatades.* Flavia Company / Oriol Malet (Formiga Groga: 8 anys)
6. *Les sargantanes negres.* Jaume Cela i Juli Palou / Pep Brocal (Formiga Vermella: 10 anys)

www.animallibres.cat
Disseny de la col·lecció: *Enric Solbes*
Impressió: *Romanyà Valls*

1a edició: *novembre, 2007*
ISBN: *978-84-96726-17-8*
DL: *B-50583-2007*

PAPER ECOLÒGIC TCF LLIURE DE CLOR

FOTOCOPIAR LLIBRES NO ÉS LEGAL

QUALIFOR FSC LLIBRE AMIC DELS BOSCOS

la formiga

Dolors Garcia i Cornellà

Peripècies d'un rescat

Dibuixos de Quim Bou

animallibres

A la Montse, la Lluïsa i la Sílvia,
companyes de rescat

1
On és en Taques?

Aquella nit, en Taques estava cansat. Amb prou feines va sopar i de seguida es va estirar a la seva cistella, sense ganes de jugar ni de res.

–Què li passa al gat? –preguntava l'Arnau, que no parava d'estirar-li els bigotis o la cua per veure si la bèstia sortia de la cistella i arrencava a córrer darrere la pilota de goma vermella, com feia cada vespre abans que ens fiquéssim al llit.

–Deu estar cansat de l'excursió que li heu fet fer avui –deia la mare mentre rentava els plats de sopar.

Però el meu germà petit, com si sentís ploure, continuava molestant el gat. I tant i tant ho va fer que, a la fi, en Taques va sortir de la seva cistella, sí, però no pas per córrer darrere la pilota vermella, sinó per fugir esperitat de la cuina i anar-se'n a amagar vés a saber on. Casa meva no és que sigui gaire gran. És només un piset amb tres habitacions petites com un cop de puny. Una, la més gran, és la dels pares. A la segona, hi dormim l'Arnau i jo. I la tercera és una mena de traster on s'apilonen joguines, llibres, roba, caixes, mobles vells, la post de planxar i què sé jo quantes coses més. Fa segles que la mare li demana al pare que li posi unes prestatgeries en aquesta habitació per poder-ho tenir tot més ben endreçat. Però el pare no troba mai el moment i sempre li contesta que ja ho farà.

En Taques dorm a la cuina, en una cistella al costat de la rentadora, però durant el dia es passeja per tot el pis i surt al balcó a resseguir amb la mirada el vol dels coloms sempre que la porta és oberta.

Aquella nit, el balcó no era pas obert, perquè era gener i, a fora, glaçava. El més segur és que s'amagués en algun racó del traster, però per més que l'Arnau i jo el vam buscar, no el vam trobar enlloc.

–Veus què has fet? –vaig cridar al meu germà–. Ara passarà la nit fora de la seva cistella!

–La culpa és teva per haver-lo dut a l'escola! Si no hi hagués anat, no estaria cansat i jugaria amb mi com cada vespre!

Jo em penso que el que li passava a l'Arnau era que estava gelós perquè els del seu curs no duien les mascotes a l'escola com fèiem nosaltres aquell any. I en Taques, aquell dia, havia triomfat. Tothom el volia tocar i amanyagar, i vaig quedar com un senyor quan li vaig fer fer les coses que li he anat ensenyant des que el tenim. El vaig fer estirar a terra per fer-li pessigolles. Li vaig fer donar la pota, com es fa amb els gossos. I li vaig fer anar a buscar la pilota vermella de goma cada vegada que la hi tirava ben lluny. A l'hora del pati, tothom parlava d'en Taques de l'Oleguer, i sé, perquè el vaig sentir, que l'Arnau anava dient a tothom que se l'escoltava:

–En Taques també és meu! Només faltaria!

La veritat és que jo estava molt satisfet de la meva mascota. Potser no era un gat d'exposició, com el de la Gisela, en Boira, tan pelut, de color gris i amb els ulls grocs que semblaven dues llimones. Però en Boira era molt més antipàtic que en Taques i no feia cap de les coses que feia ell. Tampoc era una bèstia tan exòtica com la iguana que va dur en Teo, ni tenia tan bona planta com el gos de l'Àlex, un pastor belga negre com el carbó. En Taques, per això li havíem posat aquest nom, era blanc amb taques negres, molt grosses. L'havíem trobat a començaments d'estiu, abandonat al costat dels contenidors de la cantonada, petit com una puça i cridant amb una desesperació que feria el cor. Era un diumenge i l'Arnau, el pare i jo sortíem de comprar el pa.

–Si no fos perquè fa *mèu*, diria que és una vaca, amb aquestes taques –va fer el pare, mentre s'hi acostava.

No ens va costar gens convèncer el pare perquè ens permetés dur-lo a casa. I és que hauria estat molt cruel deixar-lo allà perquè es morís de gana i, segurament, de pena. La mare tampoc no s'hi va oposar, tot i que ens va ben avisar que ella no se'n cuidaria pas, que prou feina tenia com per a ocupar-se de canviar la sorra del gat, de donar-li menjar i de fer-lo jugar. L'endemà el vam dur al veterinari, que ens va dir que tenia unes cinc o

sis setmanes i que, malgrat tot, se'l veia molt sa i manyac, segurament perquè havia nascut en una casa i no pas al carrer.

–Als gats de carrer –va explicar–, és molt difícil poder-los amanyagar perquè mai no han estat en contacte amb les persones.

I en Taques es deixava tocar que feia goig. L'home li va posar una vacuna, el va desparasitar i ens va donar quatre consells sobre l'alimentació i com l'havíem de tractar. Nosaltres li vam prometre que el faríem molt feliç. I així va ser. O gairebé. Perquè, de fet, era ell qui ens feia la mar de feliços a nosaltres.

Aquella nit del mes de gener, una nit que recordaríem sempre més per un grapat d'esdeveniments que ens van canviar la vida, no hi havia manera de trobar en Taques. L'Arnau no parava de dir que tot era culpa meva per haver-lo dut a l'escola, i jo li contestava que allò no hi tenia res a veure. Però el cert era que no el trobàvem enlloc, ni sota els llits, ni dins de cap armari, ni darrere el sofà, ni a la seva cistella, ni al balcó. Semblava ben bé que en Taques s'hagués fos.

Al capdavall, el pare ens va fer anar a dormir. Deia que ja era tard i que l'endemà teníem escola.

També va afegir que, al matí, quan ens llevéssim, el trobaríem a la seva cistella, ben bé com si no hagués passat res. Però, per si de cas, vam deixar totes les portes del pis obertes. Només faltaria que a mitjanit tingués gana o set i no pogués sortir d'on s'havia amagat!

Recordo que em va costar molt adormir-me. L'Arnau encara remugava que tot era culpa meva i que pobre de mi si li havia passat res al gat, perquè me'n recordaria tota la vida. Vaig mirar de no fer-li cas, perquè no volia que m'espatllés aquell dia tan rodó. Havia dut en Taques a l'escola i havia estat un èxit. Tothom ens havia mirat amb admiració i jo m'havia sentit el noi més feliç del món, encara que l'estúpid d'en Norbert no havia parat en tot el dia de dir que allò, en lloc d'un gat, semblava una vaca. Però la Gisela havia admès que en Taques sabia fer moltes més coses que el seu Boira i, a mi, que la Gisela em digués això, m'havia entrat a l'ànima per la porta gran. I és que la Gisela era la noia més maca de tot el cinquè A. La més maca, la més intel·ligent i la més divertida.

Finalment, em vaig adormir. Sé que vaig somiar en gats, en vaques i en la Gisela perquè, quan el pare ens va venir a despertar amb aquelles presses, tenia clavada al pensament la imatge de la Gisela amanyagant una vaca enmig d'un prat verd i en Taques, en Boira i jo ens la miràvem, contents.

–Correu, correu, correu! –ens deia el pare, mentre llençava els llençols i les mantes per terra i ens feia aixecar del llit a corre-cuita.

Se sentien els timbres dels altres pisos de l'edifici i una cridòria tremenda per tota l'escala.

–Què passa, papa? –vaig preguntar amb una sensació molt lletja al mig del pit, com si m'ofegués.

–Posa't els mitjons, les vambes i l'anorac, corre!

–Però, em trec el pijama i em vesteixo?

–No, no! L'anorac sobre el pijama, ràpid, ràpid!

La mare abrigava l'Arnau, que plorava desconsoladament, amb el primer que trobava.

–Què agafem, Joan? –preguntava la mare, que estava molt nerviosa–. Ai, senyor, ai senyor...

–No res, no agafem –deia el pare, mentre m'ajudava a cordar les vambes–. El que hem de fer és sortir corrents d'aquí sense entretenir-nos, va!

–Però, potser la llibreta d'estalvis, els documents, alguna manta... –insistia la mare.

–Ja ens en donaran a baix, de mantes, Margarida. Ara només hem de pensar a sortir com més aviat millor.

En un tres i no res vam ser a l'escala, on tots els veïns, amb la mateixa fila que fèiem nosaltres, baixaven esperitats cap al carrer.

–No agafin l'ascensor, no agafin l'ascensor! –cridava un bomber que havia aparegut de cop al nostre costat.

Primer em vaig pensar que hi havia foc. Però no veia les flames enlloc ni sentia l'olor del fum. En Teo, que vivia dos pisos més amunt que nosaltres, baixava corrents agafat de la mà del seu avi.

–Diuen que l'edifici està a punt de caure! –em va cridar així que em va veure–. No em diguis que no és emocionant!

I és que en Teo s'ho agafa tot com si la vida fos una comèdia permanent. De vegades ja m'agradaria tenir el mateix sentit de l'humor que ell, perquè jo sóc més aviat pessimista i m'afecten molt els desastres i les guerres i tot això que veiem tan sovint per la televisió. Però, de vegades, també penso que no pot ser bo anar pel món amb aquesta despreocupació. Potser l'equilibri entre les dues maneres de ser seria l'ideal.

Darrere d'en Teo, baixava el seu pare amb la gàbia de la iguana a la mà. I va ser llavors que em vaig recordar d'en Taques.

–Papa, papa, hem d'anar a buscar en Taques! No el podem deixar al pis!

L'Arnau va arrencar a plorar i a xisclar com un boig.

–En Taques! On és en Taques? Jo no me'n vull anar sense en Taques!

La mare, que duia l'Arnau de la mà, es va parar en sec.

–Joan –va dir al pare, molt seriosa, molt i molt–. Ja m'ocupo jo dels nens. Vés a buscar el gat tu, vinga. Ens trobarem al carrer. Ja deia jo que ens deixàvem alguna cosa...

I, tot seguit, mentre el pare reculava cap al pis, la mare, l'Arnau i jo vam acabar de baixar les escales i vam sortir al carrer.

Feia un fred de mil dimonis i tot era un guirigall. Hi havia cotxes de policia i de bombers, càmeres de televisió, i molta, moltíssima, gent. Gairebé tots anàvem amb el pijama a sota dels abrics, i fèiem cara de son i d'espant. Alguns nens petits ploraven. I algunes senyores grans, també. En Ramon, el del bar de davant de casa, havia obert les portes i molta gent anava a arrecerar-s'hi. La mare, l'Arnau i jo també vam entrar-hi.

Van passar uns minuts que se'm van fer eterns, mentre esperàvem veure aparèixer el pare amb en Taques a coll. Em moria d'impaciència assegut en una taula del bar d'en Ramon, sense fer res, només contemplant l'enorme desplegament de cotxes i de gent que hi havia davant de casa nostra. Encara no sabia ben bé què havia passat, però foc de segur que no era. I una explosió, tampoc, perquè no s'havia sentit cap soroll fort. En Teo havia dit no sé què sobre que l'edifici estava a punt de caure, però jo el veia ben sencer, tan dret com sempre, amb les seves vuit plantes i l'àtic, i la llibreria i la sabateria a la planta baixa. De totes maneres, no era pas l'edifici el que em preocupava més en aquell moment. Ni el meu llit, ni la meva maleta d'anar a l'escola, ni els meus llibres, ni les meves joguines, ni el meu equip de jugar a futbol. Res d'això no em preocupava tant com saber si el pare trobaria en Taques on fos que s'hagués amagat.

2
On és la iguana?

En Teo, el seu avi, els seus pares i la iguana també eren al bar d'en Ramon. La mare va començar a parlar de seguida amb la mare del meu amic, totes dues molt esverades i exclamant que què passaria. L'Arnau, malgrat la situació, s'havia quedat adormit en una cadira. Jo no podia treure els ulls del portal de l'edifici, per on encara sortia gent espantada.

–No em diguis que no és emocionant –vaig sentir que deia en Teo al meu costat.

–No sé on la veus, l'emoció –vaig replicar,

molest pel to de veu del meu amic i per aquella mirada divertida que escampava per damunt d'aquell desastre.

–Home, no passa pas cada dia que et despertin a les quatre de la matinada i et diguin que surtis corrents de casa perquè tot està a punt de caure. I després, veure aquesta bestiesa de cotxes de bombers i de policies, i la televisió...

–Tu saps què ha passat exactament?

–Només sé el que ens ha dit el policia que ha picat el timbre, que s'havia observat una esquerda molt fonda al magatzem de la sabateria i que havíem de sortir de seguida perquè l'edifici corre el perill d'esfondrar-se.

–I tu ho trobes divertit, que l'edifici caigui? I totes les nostres coses? I on anirem a viure, si l'edifici cau, eh?

–No t'ho agafis així. De segur que no passarà res. Posaran ciment a l'esquerda i ja estarà. D'aquí a uns dies, tot solucionat. I, mentrestant, viurem en un hotel.

–No trobem en Taques.

De cop, en Teo va parar de dir animalades. Va donar una ullada al voltant, com si busqués alguna cosa, i finalment em va dir:

–És veritat, no el veig.

–Anit es va amagar no sabem on, i ara el pare ha reculat per veure si el troba.

–Doncs ja està! Ja veuràs com, d'aquí a no res, el teu pare i el gat sortiran pel portal, tan feliços. No pateixis més.

Però les paraules optimistes d'en Teo no van servir absolutament de res. Perquè, al cap de molt poc, vaig veure el pare que s'acostava al bar, sense el gat.

Vaig sortir al carrer i vaig anar a trobar-lo corrents, cridant que no podia deixar el gat a casa.

–Hi has de tornar, pare! No el podem deixar allà, tot sol!

–Calma't, Oleguer –em va dir, agafant-me pel braç–. Els bombers no m'han deixat passar, però m'han assegurat que ara el buscaran i ens el portaran. Mentrestant, entrem al bar, que aquí ens congelarem.

La resta de la nit va passar molt ràpidament. Van venir uns senyors de l'ajuntament que ens van dir que havíem d'anar cap al centre cívic del barri, on ens donarien esmorzar i mantes i ens dirien què havíem de fer. Tot i que el centre cívic era a només dues cantonades de casa, jo em

TA
ENTREP
ESM

resistia a deixar el bar. No volia perdre de vista el portal de l'edifici, com si en Taques hagués de sortir per allà d'un moment a l'altre. Però el pare em va dir que, si el trobaven, ens el durien de seguida, que havien quedat així amb els bombers, i que ara havíem de fer el que ens manaven els senyors de l'ajuntament.

Al centre cívic ens van donar llet calenta amb xocolata desfeta i *croissants*, i els pares i les mares eren cridats a un despatx on se'ls explicava la situació.

Un sol prim va començar a sortir per l'horitzó de teulades, envoltat de boirina. I just a l'hora en què normalment l'Arnau i jo ens llevàvem i ens preparàvem per anar a l'escola, el pare va sortir del despatx amb la cara arrugada.

–Margarida, reina, ens envien a un hotel –va dir a la mare, que s'havia quedat amb nosaltres mentre ell parlava amb els de l'ajuntament.

–Però, i la roba? Que anem en pijama, Joan! Que ho hem deixat tot a casa!

–M'han preguntat si tenim familiars a la ciutat que ens puguin deixar una mica de roba per anar tirant, mentre no puguem entrar al pis. He pensat que la teva germana ens podria ajudar.

–Sí, però a casa seva no ens hi podem pas estar. És molt petita.

–Per això ens envien a un hotel, no pateixis.

–Ara li truco.

L'hotel era al barri mateix. Però hi vam anar amb un taxi que els de l'ajuntament havien posat a la nostra disposició. Quan vam arribar-hi, ja hi havia en Teo i tota la seva família.

–Ostres, ostres, ostres! No t'ho deia jo, que acabaríem en un hotel? –em deia el meu amic, la mar de content–. A més, avui no anirem a l'escola, perquè quan els meus oncles em portin una mica de roba ja serà hora de plegar.

–També t'han de dur roba, els teus oncles? De segur que també ho trobes emocionant, anar pel món disfressat d'una altra persona.

–Va, Oleguer, anima't, que viurem junts uns quants dies. No et diverteix, això?

Doncs no. No em divertia gens. No em divertia pensar que havia de viure en un hotel, ni que m'hauria de vestir amb la roba dels meus cosins, ni que no aniria a l'escola, ni que viuria amb en Teo. No m'agraden els canvis, mai no m'han agradat, i aquell n'era un de molt gros. Patia pel que li podria passar al nostre pis. Però, sobretot, patia, i molt, per en Taques, que encara no l'havien trobat. On es devia haver ficat? Què faria si, quan sortís del seu amagatall, no ens trobava? I si tenia gana? I si l'edifici queia amb ell a dins? Es pensaria que l'havíem abandonat, com el va abandonar, mesos enrere, aquella família que el va deixar tirat al costat dels contenidors. Tots aquests pensaments es van anar traduint, de mica en mica, en una bola molt molesta que m'anava del pit a la gola i de la gola al pit. I així vaig estar una bona estona fins que, al final, allà mateix al vestíbul de l'hotel, mentre el pare recollia les claus de les nostres habitacions i en Teo m'anava cantant les excel·lències de viure en un hotel, no vaig poder més i vaig arrencar a plorar com si fos un nen petit.

La mare em va abraçar de seguida mentre l'Arnau em mirava amb cara de pena.

–No ploris, Oleguer, que tot se solucionarà, ja ho veuràs –em deia la mare–. Ara anirem a l'habitació, ens dutxarem amb aigua ben calenta i de seguida arribarà la tieta Olga amb roba per a tots. Tu no pateixis per res.

–Jo no vull la roba de la tieta Olga. Jo vull en Taques!

–A en Taques, ens el duran els bombers així que el trobin.

–I si cau l'edifici?

–El trobaran abans, ja ho veuràs.

–Es pensarà que l'hem abandonat.

–Com vols que es pensi això, si sap que ens l'estimem amb bogeria?

–De segur que ho sap?

–I tant que sí!

–Jo em penso que no.

–Tu penses massa, fill.

Vaig mirar de calmar-me, perquè em feia vergonya plorar allà al mig de tothom. I, a sobre, l'Arnau, sense dir res, m'havia agafat la mà ben fort i no em deixava per a res.

–I tu què vols? –li vaig preguntar al final.

–Em fa pena que ploris.

–Sí, au, escampa-ho pertot arreu, que el teu germà gran és un ploramiques.

–No ho ets.

I no em va deixar estar la mà fins que vam arribar a l'habitació que ens havien assignat, al costat de la dels pares. Eren dues habitacions més aviat petites, amb finestres que donaven a un carrer estret. L'Arnau es va posar a llegir les normes escrites en un paper enganxat darrere la porta.

–Oleguer! Aquí diu que no hi podem tenir animals! En Teo haurà de dur la iguana a un altre lloc. I tampoc no hi podrem tenir en Taques, quan aparegui.

–Això, ja ho veurem.

A mig matí, va arribar la tieta Olga amb roba per a tots. Se'm va fer estrany posar-me els pantalons i un jersei d'en Pep, el meu cosí gran, però pitjor ho tenia l'Arnau, que anava amb un xandall de la cosineta Mireia.

–Margarida –deia la tieta Olga–, aquesta tarda us duré més coses, és que amb prou feines he tingut temps. M'he esverat tant quan m'has trucat! Ai senyor, quines coses que passen.

–No pateixis, maca, segurament aviat podrem anar-hi a treure les nostres coses i llavors ja no farà falta que ens duguis res més.

A l'hotel hi havia allotjades nou famílies del nostre edifici i, a l'hora de dinar, no es parlava de res més. Tothom feia suposicions sobre el que passaria, però ningú no sabia res del cert. Després de dinar, ens vam trobar amb en Teo en una sala on hi havia jocs de taula i butaques per a seure i llegir. Els pares ens havien dit que, a les tres, aniríem a l'escola, que no hi cabia cap excusa per fer campana també a la tarda. A mi em tallava molt anar a l'escola amb la roba del meu cosí i sense maleta, però en Teo em va convèncer que així ens farien més cas.

–Més cas? Què vols dir que ens faran més cas? –De vegades, tenia la sensació que en Teo i jo no vivíem al mateix planeta, o que no érem de la mateixa espècie. Fins i tot de les coses més simples, o més evidents, ell en treia unes conclusions la mar d'estrambòtiques. Potser era a causa de la seva imaginació, que tothom deia que era tremenda, tanta que fins i tot, en ocasions, arribava a fer por, almenys a mi.

–Arribarem a l'escola i de seguida ens tractaran com uns herois, creu-me.

–Però, herois de què? –Jo no entenia res.

–Tothom ha vist el que ha passat aquesta matinada en el nostre edifici, i nosaltres, que ho hem viscut, ho podrem explicar de primera mà, que no te n'adones?

Em costava creure que els meus companys i companyes em miressin com un heroi quan arribés sense maleta i vestit amb la roba un pèl grossa del meu cosí gran. Més aviat, pensava, els faria llàstima. Però admiració, que és el que se sent pels herois, de segur que no.

–On tens la iguana? –vaig preguntar-li de cop i volta, més aviat per canviar de tema–. Hem llegit que, a l'hotel, no es poden tenir animals.

–Una iguana? –va fer en Teo amb una cara d'angelet que no s'aguantava–. Quina iguana?

I de seguida vaig veure que se n'havia empescat alguna, i segurament de molt grossa, per amagar la seva mascota.

3
Una mala notícia

La mare, que treballa fent feines domèstiques a diverses cases particulars de la part alta de la ciutat, ens va sorprendre a tots a l'hora de sopar amb una notícia inesperada.

–La senyora Méndez m'ha ofert anar a viure amb ella i la seva família mentre no se solucioni el problema del nostre pis. Casa seva és gran, hi ha habitacions de sobres, i diu que en un hotel, encara que ens tractin bé, sempre es perd la intimitat.

–Qui és la senyora Méndez, mama? –va preguntar l'Arnau, mentre enforquillava un immens tros de truita de patates.

–La mestressa d'una de les cases on vaig a fer feines.

–I què vol dir perdre la intimitat? –va afegir el meu germà petit, amb mitja truita a la boca.

–Doncs que aquí a l'hotel tot, o gairebé tot, ho fas en companyia d'altres persones, que no tens un racó per a tu, o per a la teva família.

–Però tenim les habitacions. No hi dormirem pas amb ningú que no coneguem, oi que no?

–No, però...

–Jo estic bé a l'hotel –va sentenciar l'Arnau.

El pare no deia res. Sopava amb els ulls clavats al plat i, no sé per què, em va passar pel cap que li hauria agradat més parlar d'allò amb la mare i prou, sense l'Arnau i jo ficant cullerada.

–I com és, la senyora Méndez? –vaig preguntar, més que res per trencar aquell silenci una mica incòmode que s'havia instal·lat a la taula.

–Deu ser una mica més gran que jo, però fa més goig. Està divorciada i té tres fills que viuen amb ella. El gran va a un institut. Després té una nena que em penso que és com tu, Oleguer. I el petit és un nen una mica més gran que l'Arnau.

També té un xofer i una senyora que li porta la casa i li cuina.

–I tu què hi fas?

–Jo netejo.

–I la casa, com és?

–Ja t'ho he dit, amb moltes habitacions. I hi ha una terrassa que és tan gran com el nostre pis, i hi tenen arbres plantats i tot! Sembla un jardí, aquella terrassa.

El pare continuava sense dir res, posant tota la seva atenció en l'amanida verda que acompanyava la truita de patates.

–Jo ja estic bé a l'hotel –va repetir l'Arnau.

–Com ho saps? –vaig haver de dir–. Encara no hi hem passat cap nit, potser no t'agradarà el llit, potser sentiràs sorolls quan et fiquis a dormir...

–Sorolls? Quins sorolls?

–No sé, sorolls... En un lloc tan gran sempre se senten sorolls.

–Papa, sentiré sorolls aquesta nit?

–Ja veuràs com sí! –vaig insistir–. Sorolls de portes que s'obren i es tanquen, soroll d'aigua que baixa per les canonades, o d'animalons que surten de nits a buscar menjar...

–A l'hotel no hi ha animalons! No n'hi volen! Ho hem llegit en aquell paper enganxat darrere la porta de l'habitació.

–Doncs sí que n'hi ha! Perquè ho sàpigues, hi ha escarabats, i ratolins, i formigues, i aranyes...

–Papa, eh que no hi ha aranyes en el nostre hotel?

–I cargols que pugen per les parets, i sargantanes, i ratpenats, i...

–Papa! Mira què diu l'Oleguer!

–Voleu parar d'una vegada? –va exclamar finalment el pare, cansat d'aquella discussió que jo, n'era ben conscient, havia encetat només amb ganes de fer enfadar el meu germà petit, petit i poruc.

Va tornar a estendre's el silenci damunt la taula. Un cambrer ens va treure els plats bruts i ens en va dur de nets per a les postres.

–Hi ha flam o fruita del temps –va comunicar amb una veu cansada, com si no estigués gens acostumat a servir tants flams o tantes fruites del temps a l'hora de sopar d'un dia entre setmana.

A l'Arnau i a mi ens va dur un flam per a cadascú, i al pare i a la mare, un parell de pomes. Vam menjar les postres enmig d'aquell silenci tan espès que s'havia instaurat després del crit del pare, un crit fluixet, això sí. Després de sopar, el pare i la mare van haver d'anar al centre cívic on uns tècnics de l'ajuntament havien convocat els afectats pel desallotjament per explicar-los les últimes notícies sobre la situació. L'Arnau i jo ens en vam anar a la sala de jocs. L'Arnau es va posar a jugar al parxís amb tres veïns de l'escala, petits com ell, i jo vaig seure amb en Teo en un dels sofàs.

–Què? T'has sentit o no t'has sentit heroi, aquesta tarda a l'escola? –em va preguntar, amb els ulls riallers.

–Heroi, dius? Em penso que més aviat hem fet llàstima.

–I ara! Que no t'has fixat en els ulls de tothom quan els he explicat fil per randa com va anar el desallotjament?

Perquè la veritat és que tot ho havia explicat ell, i hi havia posat molta salsa, això sí. Que si patrulles de la policia per aquí, que si muntanyes de camions de bombers per allà, que si entrevistes a la tele, que si iaies desmaiades i nens perduts en la foscor de la nit... Què sé jo el que havia arribat a explicar en Teo! Jo no havia dit ni piu. Només a l'hora de sortir, quan se'm va acostar la Gisela a preguntar-me com estava, vaig dir:

–El que em sap més greu és no saber com està en Taques.

–Per què? Què li ha passat?

–Quan vam haver de sortir corrents de casa, no el vam trobar enlloc. Hores abans s'havia amagat no sabem on. I, quan va ser l'hora de marxar, no va aparèixer.

–Ostres.

–T'imagines que s'ensorrés l'edifici amb ell a dins?

–Au, vinga, que això no passarà.

Tothom em deia que això no passaria però, de moment, en Taques continuava perdut. I jo no m'ho podia treure del cap. Ja feia vint-i-quatre hores que havia fugit de la cuina i s'havia amagat en algun racó del pis. I els gats solen menjar poc i sovint. D'acord que hi havia aigua i menjar a la cuina, però i si s'havia refugiat en algun lloc d'on no podia sortir? Per exemple, dins d'algun armari que, amb les presses, haguéssim deixat tancat quan vam sortir del pis. Durant el dia, havia demanat moltes vegades al pare que tornés a casa a buscar-lo, i ell ho havia intentat, però no l'havien deixat passar. Deia que els bombers li asseguraven que estarien alerta, que ja sabien on ens allotjàvem

i que, si el trobaven, ens el durien de seguida. Però s'acostava la primera nit fora de casa i en Taques continuava desaparegut. I jo tenia una pena i un desfici a dins que no em deixaven viure.

L'Arnau i els seus amics feien molt d'enrenou a la taula on jugaven a parxís. En Teo no sé pas què em deia del seu avi, a qui es veu que li havien assignat una habitació que donava a un celobert i ell en volia una des d'on es veiés el carrer. I jo només feia que pensar en en Taques.

–On tens la iguana? –vaig preguntar-li de cop i volta, quan vaig recordar que, des del migdia, no me n'havia parlat més.

–Sssssst... no cridis.

–A l'hotel no volen animals.

–Ja ho sé.

–I doncs?

–L'he entrada dins d'una capsa de sabates, perquè no es notés. I l'avi duia la gàbia buida a la mà. Ningú no ens ha dit res, perquè no han vist cap animal enlloc.

–Però, on és? Quan passin a fer les habitacions, te la trobaran.

–No ho crec.

I no el vaig treure d'aquí.

Al cap d'una estona, van arribar els pares del centre cívic. La mare tenia els ulls plorosos i allò em va fer molt mala espina. El pare estava seriós d'allò més.

–Au, anem a dormir, que demà vosaltres heu d'anar a l'escola i jo haig de tornar a treballar, que amb un dia de festa ja n'hi ha prou i de sobres.

El pare treballa en una fàbrica de taps de plàstic dels afores de la ciutat. És l'encarregat d'una de les cadenes de muntatge i sobretot vigila que ningú no es despisti o es quedi sense material per a continuar la feina.

–Quan podrem tornar a casa? –vaig preguntar amb una mica d'ànsia a la veu.

–No se sap –em va contestar el pare.

–Sí que se sap! –va exclamar la mare, molt afectada–. No hi podrem tornar mai. L'han de tirar a terra!

–Margarida! –va fer el pare, agafant-la pel braç.

–Com més aviat ho sàpiguen, millor, Joan, que no ho veus? Tiraran la casa a terra amb tot el que hi ha a dins. No en podrem treure res, res... Ho perdrem tot. Ai senyor! I per què ens ha de passar una cosa així, amb el que ens va costar comprar el pis?

Les paraules de la mare: no en podrem treure res, ho perdrem tot, ressonaven dins del meu cap com si algú anés donant cops de martell sense parar. L'Arnau, que havia deixat els amics i el parxís, es va posar a cridar molt fort:

–Jo no vull que tirin la meva casa a terra! Papa, els has de dir que no ho facin?

–Ens en faran una altra d'igual, allà mateix, no pateixis –el consolava el pare–. En uns pocs mesos, tornarem a viure al pis, ja ho veuràs.

–I serà igual, igual?

–Sí.

–Ah, doncs ja m'està bé.

Sí, ens farien una casa igual, però tot el que hi havia ara a dins seria arrossegat per les màquines i convertit en runa. I en Taques seria una peça més d'aquella muntanya de runa i de mobles trencats que veia quan tancava els ulls. I això, no ho permetria.

El pare i la mare se'n van anar fins al bar de l'hotel a fer un cafè.

–D'aquí a cinc minuts –ens va dir el pare, quan sortia de la sala de jocs– pujarem a les habitacions. Comenceu a endreçar-ho tot.

En Teo també havia estat assabentat pels seus

pares que tirarien l'edifici a terra. Però, ben al contrari del que em passava a mi, estava eufòric.

–T'imagines? –em deia–. Tindrem casa nova, tu!

–Teo!

–Què?

–M'acompanyes?

–A on?

–A buscar en Taques.

–Ara?

–Sí. Demà les màquines començaran a ensorrar-ho tot.

En Teo va donar un cop d'ull al seu voltant. Els seus pares i el seu avi també eren al bar. La porta de l'hotel era allà mateix.

–Au, anem –va dir, mentre es posava l'anorac.

–Què feu? –va preguntar l'Arnau en veure que ens abrigàvem i ens diposàvem a marxar.

–Res –vaig contestar sense mirar-lo.

–Jo vinc.

–Tu no vas enlloc.

I, abans que el meu germà petit pogués reaccionar, en Teo i jo vam sortir de l'hotel i vam arrencar a córrer pels carrers foscos com si ens encalcés un ramat de gossos perillosos.

4
En Teo té una idea

Mentre corríem, en Teo em preguntava:

–Quins plans tens?

–No tinc cap pla –li contestava, esbufegant.

–No hi podrem entrar.

–Això, ja ho veurem.

–I de seguida tindrem els pares aquí.

–Tu calla i corre.

En pocs minuts vam arribar davant de casa nostra. Una tanca metàl·lica impedia el pas fins al portal i una parella de guàrdies de seguretat estaven drets al costat de la tanca. Hi havia una xarxa verda, immensa, que baixava des del terrat i cobria tota la façana, segurament per por de probables despreniments. Sense pensar el que feia, vaig saltar la tanca i vaig córrer cap al portal. I en Teo, al meu darrere. Va ser tot tan ràpid que els guàrdies van trigar uns instants a reaccionar, just el temps per a arribar nosaltres al portal i comprovar que estava tancat amb clau.

–Ei, ei! –va cridar un dels homes–. Sortiu d'aquí ara mateix! No es pot entrar a l'edifici!

–No has agafat les claus? –em va preguntar en Teo.

–No.

–Doncs ja m'explicaràs què fem.

Els guàrdies ens havien atrapat i, agafant-nos pel braç, ens obligaven a sortir del perímetre de la tanca de seguretat. Jo m'hi resistia tant com podia, donant cops de peu i intentant mossegar la mà del que m'agafava.

–Es pot saber què et passa, noi?

–Haig d'entrar, haig d'entrar!

–Doncs no pots, tot està a punt de caure, que no ho veus?

–Hi ha el meu gat a dins.

–Pitjor per a ell.

–Vostè no ho entén.

–I tant que ho entenc! Au, marxeu d'aquí!

–Demà tiraran l'edifici a terra i l'haig de treure!

–Em temo que és impossible.

Ja érem al mig del carrer, a l'altra banda de la tanca, i per primer cop a la vida vaig veure en els ulls d'en Teo alguna cosa molt semblant a la desesperació. I allò em va commoure.

–Tinc una idea –va dir de cop i volta–. Vine.

Els homes ens havien deixat estar, no sense avisar-nos que no tornéssim a intentar una bestiesa com aquella o avisarien la policia.

En Teo i jo ens vam allunyar una mica de la tanca i el meu amic, molt esverat, em va dir:

–Anem a casa d'en Norbert.

–Estàs boig? Què hi hem de fer, a casa d'aquell estúpid?

En Norbert era el company de classe que em queia més malament de tots. I no només pels comentaris que havia fet el dia abans sobre en Taques, dient que semblava una vaca, sinó perquè era prepotent, cregut, insolidari, egoista i bocamoll. Sempre es posava amb tothom. Bé,

amb tothom, no. Sobretot amb els més febles, com solen fer tots els covards. Tenia una capacitat increïble per a fer mal amb les paraules, que és una manera molt cruel de fer mal.

–Que no ho entens? –em deia en Teo, totalment posseït per alguna idea que li devia semblar excel·lent–. En Norbert viu just a la casa del costat i, a més, al mateix nivell que el teu pis. Quantes vegades m'has comentat que us veieu per les finestres de la cuina, a través del celobert?

–Sí, és cert, però no veig que...

–Au, anem!

I em va estirar cap a l'edifici del costat, on la tanca metàl·lica ja no arribava. De lluny, els dos guàrdies ens miraven críticament, segurament pensant que quina ens en devíem empescar.

En Teo va pitjar amb insistència el timbre de casa en Norbert. Al cap d'uns instants, una veu de dona ens responia a través del contestador.

–Qui hi ha?

–Volem veure en Norbert, som uns companys seus de l'escola.

–A aquestes hores? Si són les deu tocades de la nit!

–És important.

–I no podeu esperar a demà?

–No, senyora, no podem.

Al capdavall, vam sentir el sorollet que indicava que la porta s'obria i ens vam esmunyir cap a dins més de pressa que el vent.

–Encara no sé què pretens –li vaig dir a en Teo, un cop vam ser dins de l'ascensor.

–Jo tampoc no ho sé ben bé, però tinc una idea.

Normalment, les idees d'en Teo em fan molta por. Però aquella nit havia decidit que seguiria fins on calgués qualsevol iniciativa del meu amic, sobretot després de veure que ni els bombers ni el pare no havien pogut fer res per salvar en Taques.

Al peu de la porta oberta, ens esperaven, ben intrigats, en Norbert amb pijama, la seva mare i el seu pare.

–Ah, sou vosaltres –va fer en Norbert així que ens va veure.

–Vosaltres no viviu a l'edifici del costat? –va preguntar la seva mare–. Què hi feu, aquí?

–Senyora, tenim un problema, i molt gros –va dir en Teo, amb una educació i una delicadesa que em van sorprendre.

Els pares d'en Norbert ens van convidar a entrar, mentre el seu fill ens mirava amb una barreja de sorpresa i de desconfiança.

–Demà tiraran el nostre edifici a terra –va començar a explicar en Teo, un cop ens van fer seure al sofà de la sala.

–Ho sabem– va comentar el pare d'en Norbert–. Ens han avisat que, a les vuit del matí, hem de ser tots fora, per precaució, i que potser no podrem tornar en dos o tres dies, fins que s'hagin acabat els treballs de desenrunament. Ara fèiem les maletes.

Tot seguit, en Teo els va explicar la desaparició del meu gat i la impossibilitat d'anar a buscar-lo.

–I hem pensat –va concloure–, que potser el podríem cridar des d'aquí. Si sent l'Oleguer és possible que surti del seu amagatall i el poguem rescatar.

–No sé pas com –va murmurar en Norbert.

–La qüestió és veure si surt –va insistir en Teo–. Després ja veurem com ho fem.

–I tot per un gat que sembla una vaca. Ecs! –va fer en Norbert amb cara de fàstic.

El seu pare el va mirar amb cara de reprovació, però no li va dir res.

–Anem a la cuina –va decidir al cap d'un moment.

Des de la finestra de la seva cuina, es veia la nostra i, al costat, la finestra més petita del bany, que era mig oberta, tal com la deixa sempre la mare després de dutxar-nos al vespre. Totes dues donaven a una terrasseta molt petita on la mare estenia la roba. Entre la terrasseta i la finestra de la cuina de casa en Norbert, hi havia el buit del celobert i un grapat de metres de distància. Encara que veiéssim en Taques, no sabia pas com ens ho faríem per rescatar-lo.

–Va, crida'l –em va animar en Teo, donant-me un copet a l'esquena.

I vaig començar a cridar en Taques amb tota la força dels meus pulmons.

De seguida van començar a encendre's llums amunt i avall del celobert. I un grapat de caps van sortir per les finestres.

–Què passa? –deien unes veus esverades–. Que tornem a tenir sarau?

–Dues nits seguides amb aquest ensurt!

–A mi, m'agafarà un cobriment, si continuem així.

–Ai, senyor!

–Si és que no som res!

–Hauríeu d'haver viscut una guerra! –cridava a cor què vols un senyor molt vell–. Allò sí que feia feredat! Aquelles sirenes al cor de la nit, l'amenaça de les bombes, les corregudes pel carrer fins als refugis...

–Avi, que ja ens ho sabem. I passa cap a dins o encara arreplegaràs una calipàndria –contestava una veu més jove.

–Però algú em vol explicar què passa?

I és que els veïns d'aquell edifici també s'havien endut un bon espant la nit abans, amb el desallotjament de la casa del costat.

–Busquem un gat. No passa res –els intentava tranquil·litzar el pare d'en Norbert.

–I aquestes són hores de buscar un gat?

–És urgent –insistia l'home, que em començava a caure molt i molt bé.

Després els va demanar que no parlessin més i que em deixessin continuar cridant en Taques.

–Si sent massa veus, no sortirà –va aclarir.

Vaig cridar en Taques una bona estona més, gairebé fins a quedar-me afònic, però la pobra bèstia no es veia per enlloc. Quan ja estava convençut que el gat, si encara era a casa, no em faria cas, en Teo va murmurar, molt fluixet:

–Mireu, mireu, a la finestra del bany...

Una petita ombra es bellugava a l'altre costat de la finestra. Al cap d'uns instants, va treure el cap, i amb molta prudència, talment com si estigués a punt de llençar-se a una piscina, en Taques va saltar a la terrasseta.

–És el meu gat, és el meu gat! –vaig cridar com un boig.

Es van sentir uns quants aplaudiments provinents d'algunes de les finestres del celobert.

En Taques mirava cap on érem nosaltres i va començar a miolar d'una manera que em va semblar tristíssima.

–L'hem de treure d'allà, no podem deixar que demà ho tirin tot a terra amb ell a dins –vaig dir amb una veu plena de llàgrimes.

–Vés-hi parlant, però tranquil·lament, sense esverar-lo, explica-li coses, que senti que té companyia, entesos? –em va dir el pare d'en Norbert–. Jo vaig a trucar als bombers, a veure si ens poden donar un cop de mà.

Vaig continuar parlant amb en Taques, que anava d'un costat a l'altre de la terrasseta com si busqués una sortida. De tant en tant, s'aturava, em mirava i miolava. I, a mi, aquells miols em posaven la pell de gallina. En Teo i la mare d'en Norbert no se separaven del meu costat. En Norbert ja feia estona que se n'havia anat a mirar la televisió, mentre murmurava:

–Quina estupidesa! Tant d'enrenou per un gat!

Al cap d'uns minuts, el pare d'en Norbert va venir a la cuina i ens va dir, eufòric:

–Ara vénen els bombers!

5
El primer intent

Els bombers van trigar vuit o nou minuts, no pas més. Primer en van pujar dos, només. Volien veure la distància que hi havia entre les dues cuines i estudiar la situació. El més sorprenent de tot va ser que, darrere d'aquests dos bombers, van aparèixer el meu pare i el pare d'en Teo. Es veu que eren a baix al carrer, buscant-nos, i en veure els bombers i preguntar-los què passava, quan van sentir que tot era per culpa d'un gat, no van dubtar gens a endevinar que allò era cosa nostra.

–Un altre dia, ens avises, sents? –em va dir el pare, molt seriós–. On s'ha vist marxar corrents pel carrer en aquesta hora de la nit, sense donar cap explicació?

–No podia deixar que tiressin la casa a terra amb en Taques a dins, papa...

–Ja en parlarem després. Ara deixem treballar els bombers.

Hi havia un enrenou de mil dimonis a casa d'en Norbert. Després d'observar bé el celobert i sospesar els pros i els contres d'una intervenció des d'allà, els dos bombers van baixar a buscar els seus companys i uns quants estris que els facilitessin la feina.

–Però, ara que ja sabem on és el gat –va indicar el pare, abans que agafessin l'ascensor–, no poden entrar-hi pel nostre edifici? Ens estalviaríem l'angúnia de passar per sobre del buit del celobert.

–No podem entrar a l'edifici de vostès –va explicar el que semblava el cap dels bombers– perquè és extremadament perillós. L'estructura està molt ressentida i qualsevol operació pot comportar un desastre. Hem d'anar amb molt de compte. Per tant, ho farem des d'aquí.

A mi, m'havien ordenat que me'n tornés a la cuina, tot sol, i que continués parlant amb en Taques amb veu tranquil·litzadora, explicant-li el que faríem però evitant animar-lo a saltar.

–Ara et trauran d'aquí, Taques, tu tranquil, sents? Tu no et moguis de la terrasseta. Així, ben quiet. Aviat seràs amb nosaltres i jugarem amb la pilota vermella. Ai, no, amb la pilota vermella, no, perquè em penso que es va quedar al pis. Però en buscarem una altra, ja ho veuràs, una de ben maca. I mai més no ens separarem ni et deixarem sol a casa quan hi hagi perill d'esfondrament. Perquè ara tiraran el pis a terra, però d'aquí a uns mesos ja ens hauran fet el nou, que farà olor de pintura i de vernís, i jo demanaré si ens poden fer el balcó més gran, i així tindràs més espai per a córrer i per a resseguir el vol dels coloms, que tant t'agrada. I mentrestant viurem a l'hotel. O a casa d'una senyora que es diu Méndez, que és amiga de la mare. Millor a casa de la senyora Méndez, perquè a l'hotel, ara que hi penso, no hi volen animals, i encara no sé on amaga la iguana en Teo. Però ja ho descobriré, ja. Tu tranquil, sents? Que de segur que a casa la senyora Méndez sí que volen animals, perquè la mare ens ha dit que tenen una terrassa que sembla un jardí. T'imagines? Hi ha arbres plantats i tot, i tu t'hi podràs enfilar i veure els coloms de més a prop que mai. Però ara estigues ben tranquil, que el primer que hem de fer és treure't d'aquí, i els bombers ho faran, perquè en saben molt, ells, de fer aquestes coses. I de seguida seràs amb nosaltres. Tu no pateixis.

–Quina ximpleria! –vaig sentir que deia en Norbert darrere meu–. Parlar amb un gat! Com si aquesta bèstia et pogués entendre.

–Sí que m'entén.

–Au, va!

–Li he ensenyat a fer moltes coses! Tu mateix ho has pogut veure a l'escola. I si fa tantes coses és perquè m'entén!

–I què més?

Em feia ràbia que en Norbert dubtés que en Taques podia entendre'm. Potser no entenia exactament les paraules que li deia, però estava convençut que copsava el to de veu i que amb això ja n'hi havia prou per a saber què havia de fer.

–Aquest gat és estúpid, com tots els gats i com tots els gossos, i com tots els que tenen gats i gossos i els parlen com si fossin persones.

–Norbert! –El seu pare havia entrat a la cuina i havia sentit la nostra conversa.– Fes el favor de tornar al menjador i deixar l'Oleguer tranquil, que ho està fent molt bé.

–Però com es pot parlar a un gat de terrasses i coloms i bombers i pretendre que t'entengui? Això és al·lucinant. Esteu tots ben grillats. Tant d'enrenou per una bèstia pudent i fastigosa! Tant de bo s'esclafi ben esclafada al fons del celobert! Així s'hauran acabat els problemes.

–Norbert! Fora d'aquí! –va exclamar el seu pare, molt enfadat.

Quan en Norbert va ser fora, l'home em va posar la mà a l'espatlla.

–No li facis cas. Tu continua tranquil·lizant el gat. Ja parlaré amb ell després.

Li podria haver dit que ja el coneixia de sobres, en Norbert, que no calia que em digués res, que sabia com podia arribar a ser de desagradable i d'insensible de vegades, i que, allò que deia del gat, també ho deia dels companys més febles de la classe quan en tenia ganes. Però em va semblar més convenient callar i concentrar-me en la feina de tranquil·litzar en Taques. Al capdavall, el seu pare de segur que també el coneixia i sabria millor que ningú com havia de tractar-lo.

Van aparèixer quatre bombers amb una mena d'escala metàl·lica, cordes, mosquetons i un transportador d'animals.

–Ara hauràs de marxar d'aquí. Si et necessitem, et cridarem –em van dir.

–I no és millor que em quedi i vagi parlant amb el gat?

–No, ara no. Ara deixa'ns fer a nosaltres.

Me'n vaig anar al menjador, on hi havia els pares d'en Norbert, en Norbert, en Teo, el seu pare, el meu i uns quants veïns i veïnes de l'escala, tots parlant de la mala sort que havíem tingut amb allò de l'edifici però també de la rapidesa amb què s'havia actuat i evitat, així, mals pitjors.

–Ara només falta que la història del gat acabi bé –deia un senyor que no coneixia.

Vaig veure que en Norbert era a punt de dirhi la seva, però la mirada que li va clavar el seu pare era tan eloqüent que se'n va estar i va fer veure que l'interessava molt un anunci de perfum que sortia per la tele en aquell moment.

No sabia ben bé què feien els bombers, però em va semblar entendre, pel que deia aquella gent, que posarien l'escala que havien pujat com si fos un pont, assegurant-se bé amb les cordes i els mosquetons, i que recollirien el gat, el ficarien al transportador i tornarien enrere. Jo només patia per si en Taques s'esverava, amb els bombers, i no volia entrar al transportador. I si tornava cap a dins? I si s'amagava de nou?

Va passar una estona que em va semblar eterna. Jo volia tornar a la cuina i veure com anava tot, però el pare no em va deixar.

–No t'han dit que t'estiguessis aquí? Ja ens avisaran quan estigui tot.

–Però, i si se'ls escapa?

–No és pas la primera vegada que rescaten un gat, fill.

–De segur?

–És clar.

Per fi, l'operació es va acabar i vaig veure entrar al menjador un bomber amb cara de circumstàncies i el transportador buit a la mà.

–Quan ja gairebé el teníem, ha fet un salt i ha tornat a entrar al pis per la finestra del bany –va explicar.

–Així s'ha escapat? No l'han pogut agafar? –vaig gairebé cridar.

–No, ho sentim molt. Els gats solen ser força porucs en situacions extremes, i molt tossuts. L'hem cridat, però ja no l'hem vist més.

–I no podien entrar al pis? Tant costava entrar, agafar-lo i dur-lo cap aquí?

–Tenim absolutament prohibit entrar en aquest edifici. Ja hem fet massa d'anar fins a la terrasseta.

No m'ho podia creure. Havien estat a un pam d'en Taques i no se n'havien sortit. Vaig pensar que potser si pogués anar-hi jo...

–Escoltin, jo podria passar pel pont, ben lligat. De mi, de segur que no fugiria. O tu, papa, tu també ho podries provar.

–No, fill –va dir el cap dels bombers–. És massa perillós i no ho podem permetre.

–Però es morirà allà dins, si demà tiren la casa a terra...

–Ho sentim molt.

Al capdavall, van recollir les seves coses i van marxar. Tothom estava desolat. Es notava en les cares, en el posat i en les paraules.

–Malgrat tot –em va voler animar el pare d'en Norbert–, els gats són molt llestos. De segur que ara ja sap que ha de marxar d'allà com més aviat millor.

–Sí, però per on? –vaig replicar–. La porta del carrer és tancada i la del pis, també. Oi que està tancada, la porta del pis, papa?

–Sí, és clar –va contestar el pare, que no sabia què fer ni on posar-se–. Encara que no sé pas per què, si demà tot ha d'anar a terra.

Mai no havia vist el pare tan abatut, mai de la vida.

–Heu tingut una idea excel·lent, tu i el teu amic –continuava el pare d'en Norbert–. Però no ha pogut ser. Només podem esperar que trobi alguna manera de sortir d'allà i escapar-se cap al teulat, i del teulat saltar a un edifici veí. No sé... Els gats de vegades fan coses que semblen miracles.

–Sí, com demanar un paracaigudes per Internet i posar-se'l just abans que caigui tot. Ingenus!

Era en Norbert qui havia parlat amb aquell menyspreu, anul·lant qualsevol espurna d'esperança.

–Norbert! Passa cap a la teva habitació ara mateix! No són maneres d'animar un amic. Després parlarem tu i jo –li va dir el seu pare, molt enfadat.

–Amics? D'on ho has tret, que sóc amic d'aquest galifardeu que només fa que plorar perquè ha perdut el seu gat? Au, home!

–Norbert! Prou! –El seu pare estava ben a punt de perdre la calma.

En Norbert va desaparèixer darrere d'una porta i la seva mare el va voler disculpar.

–Suposo que són els nervis –va dir, amb un somriure forçat.

Es feia tard i el pare va dir que era hora de tornar a l'hotel. Va agrair als pares d'en Norbert la seva col·laboració i es va disculpar per tot l'enrenou.

–Llàstima que no hagi sortit bé –va dir el pare d'en Norbert.

Vam fer el camí de tornada cap a l'hotel en un silenci absolut. En Teo, al meu costat, caminava mirant el terra, amb les mans a la butxaca i donant cops de peu a tot el que trobava. Només just un moment abans d'entrar a l'hotel va dir:

–Això no es pot quedar així.

Però el seu pare i el meu ja eren dins i només el vaig sentir jo.

6
El segon intent

Malgrat l'hora que era, cap a mitjanit, em va costar adormir-me. El llit era molt diferent del meu. Vaig pensar que m'hauria d'acostumar a dormir en llits que no fossin el meu. Que, en el meu, ja no hi dormiria mai més. Perquè l'endemà, a partir de les vuit del matí, el nostre pis i totes les coses que hi havia serien triturades per les màquines. No podia deixar de pensar en el meu gat, en què devia estar fent en aquell moment, què pensaria, què passaria l'endemà quan les màquines comencessin a treballar. Em venien ganes de plorar a cada moment, però no volia despertar l'Arnau, que s'havia adormit després de posar-se molt nerviós quan va saber que no havíem pogut rescatar en Taques.

Em sembla que vaig dormir molt poc.

Quan encara era fosc, vaig sentir que em picaven a la porta molt fluixet.

–Oleguer, Oleguer, sóc jo, en Teo, obre...

Vaig saltar del llit tan de pressa com vaig poder i vaig obrir la porta amb cautela.

–Què passa? Què vols?

–Vesteix-te, corre!

–Per què?

–Tu vesteix-te. T'espero al vestíbul.

Amb la por al cos, perquè en Teo, de vegades, me'n feia molta, de por, però també força esperançat per si havia tingut una altra idea de les seves, em vaig vestir amb una correguda.

Un cop a baix, em va agafar pel braç i em va dir:

–Tenim molt poc temps, o sigui que ens hem d'afanyar.

I em va fer sortir de l'hotel, que ja tenia les portes obertes. Corrent com la nit anterior, vam anar fins a davant de casa nostra. Ja hi havia una colla de màquines i un parell de cotxes de la policia. Tota la zona estava acordonada. També hi havia alguna càmera de televisió i alguns periodistes. Als edificis del costat, s'hi veia molta moguda. Els veïns començaven a sortir amb maletes i paquets, una mica esverats.

–Què pretens? –vaig preguntar a en Teo, tremolant com una fulla d'arbre.

–Hem de tornar a l'edifici d'en Norbert.

–I molestar una altra vegada la seva família? A més, sense els bombers no podrem fer-hi res, i no crec que vulguin tornar a intentar-ho si d'aquí a una hora les màquines s'han de posar a treballar.

–No vull tornar a casa d'en Norbert. Aquesta vegada pujarem al terrat.

–Quin terrat?

–A tots els edificis hi sol haver un terrat, amb estenedors, xemeneies i coses d'aquestes. Tenim sort que casa teva és als pisos més alts. Des del terrat podrem fer el mateix que vam fer ahir des de la cuina d'en Norbert, cridar en Taques.

–I després què? En Taques sortirà a la terrasseta i allà es quedarà.

–No, no. Despenjarem una cistella des del terrat amb una corda perquè s'hi fiqui i llavors l'estirarem cap amunt.

–Tu estàs boig. D'on traurem la cistella i la corda?

–Confia en mi.

Abans, però, havíem d'entrar a l'edifici. Aprofitant que els veïns feien viatges amb les maletes, el portal es quedava sempre obert. I no ens va costar gens entrar i passar desapercebuts entre la gentada. Quan vam poder, vam agafar l'ascensor i vam pitjar el botó de l'últim pis. En sortir al replà, vam veure que encara quedava un tram d'escala que acabava en una porteta estreta.

–Ho veus? Aquella porta és la del terrat. Au, pugem!

–I la corda? I la cistella?

–Vols fer el favor de pujar i callar?

–I si la porta és tancada?

–Mira que ets pesat, de vegades!

La porta era oberta, però jo em vaig fixar que algú l'havia forçada, perquè havia saltat una mica de fusta i la maneta estava torta.

–Que has vingut abans? –vaig preguntar-li a en Teo.

–Jo? I ara!

Vam empènyer la porta i vam sortir al terrat. Bufava un aire gèlid, allà dalt. Clarejava, però les xemeneies, les antenes i alguns dipòsits d'aigua dibuixaven ombres denses pels racons. I va ser entre aquestes ombres que em va semblar veure algú. Em vaig espantar.

–Teo. No estem sols. Marxem, va.

–I qui vols que hi hagi?

–No sé, els bombers, la policia, els de les màquines que vénen a controlar que tot vagi bé. Marxem. Igualment ens faran fora, que no ho veus?

–Però tu vols rescatar en Taques o no?

–Sí, és clar!

–Doncs fes el favor de no dir més ximpleries i vine!

I, sense entendre-hi res, vaig veure que es dirigia just al lloc on m'havia semblat veure algú amagat. I qui va sortir de les ombres, amb una cistella en una mà i una corda gruixuda a l'altra, va ser el seu avi! L'avi d'en Teo ens esperava, tranquil i somrient, disposat a fer el que calgués per salvar el meu gat. No m'ho podia creure!

–En vam estar parlant ahir a la nit, abans d'adormir-nos, i vam pensar que ho podíem provar –va dir en Teo.

–Hola, fill –em va saludar el seu avi–. No tenim gaire temps, però tampoc vull que correm cap perill. O sigui que, quan vegi que les màquines són a punt de començar a fer la seva feina, ho deixarem tot i baixarem corrents, entesos?

–Sí, senyor –vaig dir, ben emocionat.

–Doncs no perdem més el temps.

En Teo i jo vam donar la volta al forat del celobert, per posar-nos just a l'altra banda de la terrasseta de casa, que era dos pisos per sota nostre. L'avi d'en Teo es va quedar a l'altre costat, va lligar la corda a la cistella i, poc a poc, la va deixar anar al buit.

–Digueu-me quan arribo a la terrasseta, d'acord?

Quan la va tenir a l'alçada justa, li va fer fer una mica de balanceig i la cistella es va posar suaument sobre el terra, davant mateix de la finestreta del bany de casa.

–Ara crida el gat, vinga!

Vaig fer com la nit abans, i vaig posar-me a cridar en Taques amb totes les meves forces.

Va sortir gairebé de seguida, una mica esverat i nerviós, miolant amb ànsia.

–Tranquil·litza'l, digues-li que tot va bé i que es fiqui a la cistella. Hi he posat una mica de menjar, potser així s'animarà –em va dir l'avi d'en Teo.

Em feia tanta pena, veure en Taques allà baix, mirant-me amb aquells ulls tan oberts, sense saber ben bé què passava ni què havia de fer! Vaig sentir unes ganes immenses d'abraçar-lo ben fort, de passar-li la mà per les taques del pèl, de gratar-li les orelles, que li agradava tant i tant, de menjar-me'l a petons.

–No t'encantis! No tenim gaire temps! –em va cridar l'avi d'en Teo.

–Taques, bonic, corre, tot va bé, però t'has de ficar a la cistella, em sents?

El gat em mirava, molt quiet, miolant de tant en tant.

–A la cistella, a la cistella! –cridava jo com un boig.

–L'espantaràs, amb aquests crits –va fer en Teo.

–No m'entén, que no ho veus? –Jo començava a desesperar-me.

–A l'escola ens vas dir que reconeixia algunes ordres.

–Sí, quan li dic «pessigolles», s'estira a terra.

–Això no ens serveix. Què més reconeix?

–Quan li dic «busca», agafa un mocador amb la boca.

–Quin tipus de mocador?

–Un mocador de butxaca meu.

–El dus?

Vaig buscar a les butxaques de l'anorac, amb impaciència. Normalment, no el duia mai, perquè la mare s'estima més que agafem mocadors de paper. Però aquell dia hi era, perquè tot just dos dies abans l'havia agafat per fer les demostracions a l'escola i encara no l'havia tret de la butxaca.

–El tinc! El tinc! –vaig cridar.

–Avi! Puja la cistella, afanya't! –va exclamar en Teo, amb moltes presses i amb molts nervis.

Vaig córrer cap on era l'avi d'en Teo i vaig desar el mocador dins la cistella, ben cargolat, tal com ho feia quan jugàvem amb en Taques. Llavors l'home va tornar a deixar caure la cistella fins a la terrasseta de casa.

–Has entès el que has de fer? –em va preguntar en Teo.

–Sí, sí!

Vaig tancar els ulls uns instants, vaig respirar fondo i vaig procurar que el meu to de veu s'assemblés al que feia servir quan jugava amb en Taques.

–Taques, valent, busca, corre, busca! Busca el mocador, va! Busca'l bé!

De primer, el gat no feia res. Només em mirava, amb una mica de desconcert a la mirada. Però després de donar-li l'ordre unes quantes vegades, va començar a buscar per tota la terrasseta.

–Busca, maco, busca, busca, busca!

Van passar uns minuts que se'ns van fer eterns.

–No el trobarà, no el trobarà... –murmurava jo.

–Que sí, que sí –feia en Teo, agafat a la paret del celobert com si fos una sargantana.

–Teo, vigila –li va dir el seu avi–. No et vull veure tan abocat al buit. M'has entès? O et fas enrere o marxem d'aquí ara mateix.

–L'ha trobat! –vaig xisclar de cop i volta, veient com en Taques flairava la cistella i, d'un salt, es ficava a dins.

–Bravo! Bravo! –cridava en Teo, saltant com un boig.

–Bé, ara hem de fer que s'estiri, que no surti –vaig dir–. Taques! Pessigolles, pessigolles!

I, a l'instant, el gat es va ajeure a la cistella, ben quiet, amb el mocador a la boca, de panxa enlaire.

–Quiet, maco, quiet, així, no et moguis, sents? –li deia jo, mentre l'avi d'en Teo, amb molta suavitat, començava a estirar la corda cap amunt.

Amb el primer moviment de la cistella, en Taques va intentar aixecar-se.

–Pessigolles! Pessigolles! –vaig cridar tan fort com vaig poder, i el gat va tornar a quedar-se quiet.

El cor m'anava a mil, tenia el pols que semblava un ramat de cavalls desbocats, i una suor freda em va començar a baixar pel front i pel clatell. Al meu costat, en Teo estava tan tens com jo. A l'altra banda del celobert, l'avi del meu amic, amb la llengua a fora, com fan els nens petits quan ressegueixen un dibuix o perfilen les primeres lletres que han après, anava pujant la cistella amb molt de compte.

–Ho aconseguirem, ho aconseguirem –murmurava en Teo, amb els ulls brillants i la veu tremolosa.

–Pessigolles, Taques! Pessigolles! –Cridant la paraula màgica, el gat es mantenia ben quiet.

La cistella anava pujant i ja era a l'alçada de la barana de la terrasseta. A poc a poc, va començar a balancejar-se per damunt del buit.

Però de cop i volta, tot es va espatllar.

Amb un soroll d'espant, vam sentir que s'obria una finestra i una veu cridanera va començar a xisclar:

–Oh, mireu, un gat que vola! Voleu veure com vola un gat? No, calla! Si és una vaca! Encara millor! Veurem com vola una vaca! Que divertit! Vola, vaca, vola!

Era en Norbert, que no només cridava per espantar en Taques sinó que també li tirava pinces d'estendre la roba.

–Vols parar, estúpid? –li va engaltar en Teo, furiós–. Que no veus que ja gairebé el tenim?

–Què teniu? Una vaca? No em facis riure!

Amb tot l'enrenou, en Taques s'havia espantat i, sense pensar-s'ho dues vegades, havia fet un salt fins a la barana i, d'allà, fins al terra de la terrasseta. Tot l'esforç que havíem fet fins aquell moment no havia servit de res.

–Qui és aquest? –va preguntar l'avi d'en Teo, molt molest.

–Ningú! –vaig cridar, enrabiat.

–Tornem-ho a intentar, vinga –va dir l'home–, però aquest noi que es fiqui a casa seva i tanqui la finestra.

–Norbert! Amaga't, pel que més vulguis! –li vaig suplicar.

–No cal –ens va dir, tranquil, rient–. He avisat els encarregats de les obres del costat que hi havia gent al terrat de casa i ja deuen estar a punt d'arribar.

I just en aquell moment, un parell de bombers, un policia i un capatàs travessaven la porta del terrat i se'ns acostaven amb males cares.

Les rialles d'en Norbert es van escampar per tot el celobert mentre una ràbia immensa i dolorosa m'oprimia el cap i el cor.

7
I a la tercera...

Aquells homes ens van fer fora del terrat amb moltes presses. De res no va servir que l'avi d'en Teo els demanés cinc minuts més.

–Només seran cinc minuts –els deia–. Ja gairebé el teníem. Si ens deixen cinc minuts i fan que aquest noi d'aquí baix estigui ben calladet, el rescatarem.

–Ho sento, senyor –deia el policia–. Però tenim ordres de desallotjar l'edifici immediatament.

–Però, què els costa? Només els demano cinc minuts!

–No pot ser.

Em sentia la persona més infeliç del món. Havíem estat a punt d'aconseguir-ho. Ja gairebé havíem salvat en Taques. Però aquell estúpid d'en Norbert ho havia espatllat tot. Què els devia passar pel cap a persones com ell, que disfrutaven tant fent mal? Què hi guanyava, en Norbert, impedint que recuperés el meu gat? Com podia ser tan insensible? Tan difícil era entendre que algú estimés un gat i fes el que pogués per evitar que es morís? Jo no ho entenia de cap de les maneres. No, no i no.

L'ascensor estava ocupat i vam baixar per les escales. En passar per davant de casa en Norbert, vam sentir crits. Just en aquell moment, es va obrir la porta, i vam poder veure en Norbert amb llàgrimes als ulls, que sortia agafat del braç pel seu pare, que hi posava una cara que era per a llogar-hi cadires. Darrere de tots dos, la mare deia:

–No el renyis, home, són coses de criatures.

–Coses de criatures, dius? Avisar la policia quan havia endevinat perfectament què feien al terrat? No, estimada, no. Això no té nom. Això és ser malvat, però malvat de debò. I jo no vull que el meu fill sigui malvat. I no has vist com li tirava les pinces d'estendre la roba perquè la pobra bèstia s'espantés i caigués pel forat del celobert? Això no es fa, home, això no es fa. Però ja t'asseguro jo que s'han acabat unes quantes coses en aquesta casa. Almenys fins que s'hi repensi i m'asseguri que mai més no tornarà a comportar-se així. Ni futbol, ni ordinador, ni tele, ni vacances de Setmana Santa, ni setmana blanca amb l'escola, ni res de res. Tancat a casa! A veure si n'aprèn. S'ha acabat!

Quan es va adonar que érem allà, l'home es va mostrar molt avergonyit.

–Si ho arribo a saber –va dir–, hauria impedit que fes aquesta bretolada. Però era massa tard. Ja havia avisat la policia i ja havia espantat el gat. No saben el greu que em sap, no ho saben pas! No ho entenc. De debò que no ho entenc. Nosaltres som bones persones.

–És molt difícil fer de pare –va sospirar l'avi d'en Teo–. Mai no pots saber per on et sortiran. De vegades, perquè els dónes massa; de vegades, perquè els dónes massa poc.

–Ho sento en l'ànima, li ho asseguro.

El policia ens va menar pressa a tots i vam acabar de baixar l'escala en pocs segons. Al carrer, hi havia un formiguer de cotxes i persones. I tot era a punt per a començar l'enderroc.

–Hem d'anar a l'hotel –va dir l'avi d'en Teo–. Els vostres pares us aniran a despertar i no us hi trobaran. I no vull que pateixin. Al cap i a la fi, tot és culpa meva. Sóc jo qui us ha arrossegat en aquesta aventura. Ho sento molt, Oleguer.

Ara que havia vist en Taques de tan a prop i que sabia que ja no hi havia res a fer, sentia una desesperació molt gran a dins. No em podia creure que ningú amb una mica de poder no pogués fer res per salvar-lo. Tan fàcil com era! La pobra bèstia havia seguit totes les meves ordres! No m'havia costat gens fer-lo estar quiet a la cistella mentre intentàvem pujar-lo! Tantes hores d'entrenament i de jocs havien donat fruit. Però, per a què? Per a res! Perquè acabés sota les runes de casa nostra!

Sense saber com, em vaig trobar abraçat a l'avi d'en Teo i plorant amb un desconsol que no hi havia qui m'aturés.

–No ho entenc, no ho entenc –sanglotava–. Si ja el teníem! Pobre Taques! Què deu pensar, ara mateix?

–Teo! –vaig sentir que deia l'avi–. Vés a l'hotel i avisa els teus pares i els de l'Oleguer que som aquí. No em puc quedar sense fer res, veient com el gat del teu amic es queda allà dins. No puc i no puc!

–I què faràs, avi?

–Encara no ho sé, però tu vés a l'hotel, corre!

En Teo se'n va anar i el seu avi i jo ens vam quedar allà, abraçats, mirant com les màquines començaven a maniobrar.

–Hem de poder fer alguna cosa –murmurava l'home–. No sé quina, però alguna n'hi deu haver...

–No vull veure com tiren la casa a terra –vaig dir de cop i volta, amb una pena a dins que semblava que m'havia de trencar per la meitat.

–I és que no ho veuràs, amic meu! –va exclamar l'avi d'en Teo amb un convenciment que em va sorprendre–. Almenys amb el gat a dins. Mira, farem una cosa.

Es va ajupir per estar a la meva alçada. Llavors, em va mirar fixament als ulls i em va donar unes quantes orientacions. Jo li deia que no, que seria molt perillós, però ell em va assegurar que, si feia exactament el que em deia, no passaria res.

–M'has entès bé?

–Em penso que sí, senyor.

–Així m'agrada.

Aleshores es va aixecar i, poc a poc, es va dirigir de nou cap al portal de la casa d'en Norbert, d'on encara sortia gent amb maletes. Vaig veure que parlava amb un policia que era a la porta i que el policia es mirava el rellotge i li deia alguna cosa. L'avi d'en Teo feia que sí amb el cap, i també es mirava el rellotge. Al cap d'uns segons va desaparèixer cap a l'interior de l'escala.

Van passar uns minuts. Ja no sortia ningú de l'escala. El policia de l'entrada va ajustar la porta i va anar a parlar amb els companys d'un cotxe patrulla. Estava claríssim que no s'havia adonat que l'avi d'en Teo encara era a dins. Els policies del cotxe ens van fer apartar uns quants metres més enllà. Una màquina començava a avançar cap al nostre edifici. I una grua dels bombers, molt alta, també s'hi acostava. I l'avi no sortia.

Aleshores, em vaig posar en marxa.

Vaig caminar fins a tocar la tanca de seguretat i, de cop, vaig començar a cridar com un boig:

–El meu avi és a dins, el meu avi és a dins!

El policia que havia fet guàrdia a la porta de l'edifici d'en Norbert i que havia parlat amb l'avi d'en Teo, se'm va acostar amb la cara arrugada.

–Què passa aquí?

–El meu avi és a dins de l'edifici del costat, senyor! Ha parlat amb vostè abans d'entrar!

–Sí, ja el recordo. I no ha sortit?

–No, senyor, encara no.

–M'ha dit que s'havia descuidat la cartera a casa seva, que pujava un moment a buscar-la, però em pensava que ja havia baixat.

–Doncs no, encara no ha baixat.

El policia va anar corrents cap a la grua dels bombers i cap als encarregats de les màquines. En un moment, tothom es va aturar. Però, pel portal, encara no sortia ningú. El policia se'm va acostar de nou.

–N'estàs segur, que el teu avi no ha baixat?

–I tant! Hem quedat que ens trobaríem aquí.

–A veure, a quin pis viu? Si no surt, l'haurem d'anar a buscar. Només faltaria que, amb els nervis, hagués caigut, o no trobés la cartera. Digues, a quin pis viu?

Em vaig quedar glaçat. Això no ho havíem previst, amb l'avi d'en Teo.

Els segons passaven i jo no sabia què dir ni què fer.

–Vols fer el favor de dir-me on viu el teu avi?

El policia s'impacientava i a mi se'm menjaven els nervis per dins i per fora. Vaig veure el pare d'en Norbert que s'acostava.

–Què passa, agent? Sóc el president dels veïns d'aquesta escala.

–Aquest noi, que diu que el seu avi encara no ha sortit. A mi m'ha dit que s'havia descuidat la cartera i que només seria un moment. Però es veu que encara no ha sortit.

El pare d'en Norbert em va mirar molt fixament i em vaig adonar que ho havia entès tot a la primera.

–Si vol, ja vaig jo a buscar-lo. Jo sé on viu –va dir al policia.

–Ho sento, però ja no pot entrar ningú més a l'edifici.

Estàvem en una situació molt delicada. Mai no m'ha agradat dir mentides, i aquella n'era una de molt grossa. I, a més, a un policia! I

POL
NO

quan ja estava a punt de confessar-ho tot, vam veure que s'obria el portal. El cor em va fer un salt. El pare d'en Norbert, que encara era al meu costat, em va agafar per l'espatlla, ben fort. Vam contenir la respiració. Van passar unes dècimes de segon. L'avi d'en Teo ja era gairebé al carrer i, als braços, aixecant el cap, amb les orelles ben encarcarades i una mica inquiet, hi duia en Taques!

Ningú no em va poder aturar: vaig saltar la tanca i vaig córrer com un boig cap a l'avi d'en Teo i el meu gat.

–Gràcies, gràcies, gràcies, gràcies! –li deia a l'avi.

–No me les donis a mi, Oleguer. La feina, l'ha feta tota ell –deia l'avi d'en Teo mentre amanyagava en Taques amb una enorme tendresa–. Bé, ell i tu, que li vas ensenyar allò del «busca» i de les «pessigolles».

Vaig agafar en Taques i el gat no parava de llepar-me les mans, el serrell, el nas, i de moure la cua, com fan tots els gats quan estan contents.

–Així que la cartera, eh? –vam sentir que deia el policia que havia parlat feia uns minuts amb l'avi d'en Teo i que s'havia acostat fins on érem–. Ja parlarem vostè i jo en un altre moment.

–Però no em digui que no ha valgut la pena.

–Sí, la veritat és que sí –I al policia se li va escapar un somriure petit, mentre ens feia fora de la zona de perill.

8
La senyora Méndez

A l'hotel, era una festa. Tots els veïns de la nostra escala que s'hi allotjaven coneixien en Taques i es van posar molt contents en veure que l'havíem pogut salvar. El recepcionista, però, ens mirava de lluny amb una mica de mala cara mentre el gat corria amunt i avall per tot el vestíbul, satisfet de les mostres d'afecte que rebia de tothom.

–No pateixi –li havia dit el pare–. Ja sabem que en aquest hotel no volen animals i aquesta mateixa tarda ens traslladem. Però ara deixi'l ser una mica feliç, home, després de tot el que ha passat!

Vam anar al menjador a esmorzar i en Taques va entrar amb nosaltres. Es va asseure als meus peus i va estar molt quiet tota l'estona.

–Vinga, a esmorzar de pressa, que s'ha d'anar a l'escola –ens va dir el pare a l'Arnau i a mi.

Se'm feia estrany anar a l'escola sense la maleta i pensar que, aquell mateix matí, la maleta, tot el que hi havia a dins, i tot el que hi havia a dins del pis, seria esmicolat per les màquines que tirarien a terra casa nostra. Segurament era per això que la mare estava tan trista, malgrat haver recuperat en Taques. Amb prou feines va tastar res de l'esmorzar. I de tant en tant, murmurava:

–No ens quedarà res, Joan, res... Ni fotografies, ni records, ni roba, res...

–Queda el més important de tot, Margarida, quedem nosaltres.

–Sí, és clar...

–I d'aquí a uns mesos tornarem a tenir el pis. I comprarem mobles nous, i roba nova.

–Però les fotografies...

–En tornarem a fer. Va, dona, no t'amoïnis.

Vam demanar a l'avi d'en Teo si es podia fer càrrec d'en Taques una estona i l'home va acceptar encantat.

El pare se'n va anar a treballar i la mare ens va acompanyar a l'escola per parlar amb el director sobre els llibres i les llibretes que necessitàvem. L'home li va dir que no es preocupés de res, que l'escola s'encarregaria de donar-nos-en de nous.

El vespre abans, la tieta Olga ens havia dut més roba. Però el cap de setmana n'aniríem a comprar de nova amb uns vals que els de l'ajuntament havien donat als pares. De mica en mica, doncs, tot s'aniria solucionant. A la tarda, a més, ens traslladaríem a casa de la senyora Méndez, on es veu que ja ens esperaven amb els braços oberts.

A l'hora del pati, no tenia ganes de jugar i vaig seure en un racó a menjar-me l'entrepà que m'havia comprat la mare al forn de davant de l'escola. La Gisela se'm va acostar de seguida.

–He sentit a dir que l'aventura d'en Taques es va acabar bé –em va dir, molt contenta.

–Sí, ja el tenim a casa... bé, vull dir a l'hotel.

–Se't fa estrany viure en un hotel?

–Només hi haurem estat un dia. Avui anem a viure a casa d'una senyora que coneix la mare, la senyora Méndez, que té una casa molt gran, a l'altra banda de la ciutat.

–I canviaràs d'escola?

–No!

No n'havíem parlat amb els pares, d'això de l'escola, però jo tenia clar que no canviaria. No sé com ens ho faríem per anar-hi cada dia des de tan lluny, però de segur que trobaríem alguna solució.

–Uf, quina sort! Em penso que et trobaria a faltar –em va dir la Gisela, que aquell dia duia un xandall blau cel que li feia joc amb el color dels seus ulls–. I ja et deixaran tenir en Taques en aquella casa?

–Suposo que sí...

–No ho sap, la senyora Méndez, que teniu un gat?

–No ho sé.

–Si hi ha algun problema, sempre te'l puc guardar a casa. En Boira estaria content de tenir un amic per a jugar.

–N'estàs segura, que el podries tenir a casa teva?

–I per què no?

De fet, no havia pensat que a la senyora Méndez podria ser que no li agradessin els gats. La mare no ens havia dit si tenien cap animal, a casa seva. Però sabent que la Gisela el podria recollir mentre ens fessin el pis nou, em vaig quedar més tranquil. Tot i així, em trobava malament. Eren massa canvis, tot plegat, i, a sobre, la pena de saber que aquell mateix dia ens quedàvem sense res. Potser, en aquella hora, ja estava tot enrunat.

Vaig acabar de passar el dia com vaig poder, mirant de concentrar-me en els deures i en les explicacions de la senyoreta Maite, la meva tutora, per no pensar en coses desagradables. De tant en tant, però, el cap se me n'anava cap a tot el que havia deixat al pis i que ja no tornaria a veure mai més: els meus llibres, el meu equip de futbol, les joguines de quan era més petit... Altres vegades havia vist per la televisió com queien cases d'altres persones amb tot a dins, o com les ensorraven les bombes d'una guerra, però mai no m'hauria imaginat que allò em pogués passar a mi.

A les cinc, ens van passar a buscar el pare i la mare amb el cotxe. Es veu que aquell dia el pare va demanar de plegar abans, i la mare tampoc no va anar a una casa on anava a netejar cada dia a les tardes. En Taques era al seient de darrere, dins d'un transportador que havíem comprat aquella tarda mateix, i va miolar content quan ens va veu-

re a l'Arnau i a mi. De maletes, no en dúiem cap perquè, de fet, tot el que teníem, ho dúiem posat. I teníem ben poca cosa, en aquells moments.

Vam fer gairebé tot el viatge fins a casa de la senyora Méndez en silenci. Només l'Arnau, de tant en tant, preguntava:

–Si no hi estem bé, podrem tornar a l'hotel?

O bé:

–I si l'habitació que em donen no m'agrada, en podré triar una altra?

O bé:

–Mama, i si m'hi perdo, en aquella casa? Com que dius que és tan gran...

La mare contestava amb un sí o amb un no, depèn. Però jo ja veia que tenia el cap ben lluny de les preguntes de l'Arnau. Potser només pensava en la nostra, de casa, en si ja estaria tota a terra. Però ningú no en va fer cap comentari.

Jo també li vaig fer una pregunta a la mare:

–Ja voldrà el gat, la senyora Méndez?

–No ho sé. No n'hem parlat.

M'hauria agradat allargar la conversa i decidir què faríem si aquella senyora no volia en Taques a casa seva. Però la veia tan capficada, la mare, tan lluny de nosaltres en aquell moment, que no em vaig atrevir a preguntar res més.

Jo no havia estat mai en aquella part de la ciutat. Els edificis no eren gaire alts i tenien balcons molt grans amb baranes transparents d'on penjaven plantes verdes que feien molt bonic. Tot plegat era molt diferent del meu barri, on els edificis eren molt més alts i les finestres i balcons molt més petits.

–Ai, no sé, Margarida... –va dir el pare, just quan estàvem aturats en un semàfor vermell.

Ningú no li va preguntar què era el que no sabia, ni la mare. I quan es va posar verd, va arrencar sense presses.

Amb frases breus, la mare li anava indicant per on havia de passar i per on havia de trencar. Al final, vam anar a parar a un carrer amb molt pendent, força estret i sense gaire trànsit.

–És aquí –va dir la mare.

I el pare va aturar el cotxe davant mateix del portal d'un edifici de tres plantes i amb els mateixos balcons de baranes transparents que vèiem des de feia una bona estona.

–És el pis de dalt de tot –va fer la mare, mirant enlaire.

–El de la dreta o el de l'esquerra? –va preguntar el pare.

–Tots dos. I, a sobre, hi ha la terrassa.

–Ai, no sé, Margarida... –va repetir el pare.

Encara no havíem baixat del cotxe, que es va obrir el portal i va sortir una senyora una mica més gran que la mare, molt maquillada, somrient com una criatura.

–Oh, que bé, que bé! Ja sou aquí! Margarida, estimada, no saps que feliç que em fas! –I li va fer una abraçada, seguida de dos petons que van ressonar amb força pel carrer desert.– I aquests són els teus fills? Oh, quina alegria!

També ens va fer dos petons a l'Arnau i a mi. I, al pare, li va donar la mà amb una forta encaixada.

–No saps pas com m'estimo la teva dona! –li deia–. És una joia, un tresor, una persona com n'hi ha poques. Jo no podia passar de puntetes per la desgràcia que us ha tocat viure. Per tant, benvinguts a casa vostra fins que faci falta!

–Gràcies, senyora Méndez –va dir el pare, una mica atabalat per aquell esclat de paraules i de somriures.

–Au, entrem, entrem, que aquí fa fred. Us he preparat un bon berenar. I després us podreu instal·lar a les habitacions, i després soparem i... Ai, que contenta que estic!

Mentre la senyora Méndez continuava exclamant-se, vaig entrar un moment al cotxe per treure el transportador des d'on en Taques ens mirava amb cara de no entendre res.

–I això? –va preguntar la dona amb cara de sorpresa.

–És el nostre gat, en Taques.

–No me n'havies dit res, Margarida.

–Hi ha algun problema? –vaig preguntar, posant tota la cara de bon nen que vaig poder.

–Doncs sí.

–Quin? –va fer l'Arnau, amb una mica de mala cara.

–Que no suporto els gats.

El pare i la mare es van mirar amb cara de sorpresa i jo vaig agafar el transportador ben fort. L'Arnau se'm va acostar i es va quedar al meu costat, ben enganxat al meu braç.

9
El gat i la iguana

Segurament hauria estat tota una experiència, viure en aquella casa tan diferent de la nostra, amb xofer i cuinera i una terrassa plena d'arbres. Però la senyora Méndez no suportava els gats. Ens ho havia dit així mateix, amb tota la sinceritat del món. I nosaltres, després d'agrair-li immensament la seva generositat per haver-nos ofert allotjament tot el temps que fes falta, vam donar mitja volta i ens en vam tornar a l'hotel.

Entre una cosa i l'altra, ja s'havia fet fosc i aviat seria l'hora de sopar.

–Ara tenim un altre problema –va dir el pare quan va veure que se'ns acostava el recepcionista de l'hotel, un home gran, amb cara de bona persona, però seriós com una mala cosa.

L'home, efectivament, ens va dir el que ja sabíem: que, a l'hotel, no hi podíem tenir animals.

–Demà mirarem com ho solucionem –va dir-li el pare–. No crec que per una nit...

–És que està prohibit, senyor.

–Li asseguro que no sortirà de la gàbia.

–Ho sento, però no puc donar-li el permís.

–S'ha passat més de vint-i-quatre hores sol. Ens necessita. Està espantat.

–Els altres clients es podrien queixar.

–Només serà una nit.

–No.

–I què hi hem de fer? Deixar-lo al carrer?

–Jo no ho sé, senyor.

En aquestes, que va passar una cosa molt estranya. De cop i volta, l'avi d'en Teo, que no s'havia perdut ni mitja paraula de la conversa entre aquell home i el pare, va agafar el recepcionista per les espatlles.

–Escolti, bon home, oi que em demanarà una camamilla ben calenta abans de sopar? –va preguntar-li, mentre feia un gest molt expressiu amb el cap a en Teo.

–Sí, senyor, com vostè vulgui. La vol prendre al bar o vol que la hi faci portar a la seva taula?

–No, al bar ja m'està bé.

I se'n van anar tots dos cap al bar, xerrant animadament sobre com ens pot canviar la vida d'un dia per l'altre.

–Molt bé –va dir en Teo ràpidament–. I ara, a amagar en Taques!

–No el podem dur a les habitacions –va replicar el pare–. Aquest home és capaç de venir a veure si l'hi tenim.

–I qui ha parlat de les habitacions? –va dir en Teo amb una lluïssor estranya a la mirada–. Agafem l'ascensor, ara que no ens veu.

En Teo, l'Arnau, el pare, la mare i jo vam entrar a l'ascensor. En Teo va pitjar el botó de l'àtic. L'hotel era un edifici molt antic, d'aquells que tenien un terrat molt gran a dalt de tot on, en altres temps, els amos hi devien haver criat gallines o coloms. Ara ja no hi pujava ningú, al terrat, però la porta era molt senzilla, de fusta molt feble, i sempre era oberta. El terrat era ple d'estenedors, uns filferros rovellats on devia fer anys que ningú no estenia ni un trist drap de cuina. En un angle del terrat, hi havia un cobert, ple de trastos vells. I, dins del cobert, tapada amb una flassada, la gàbia de la iguana d'en Teo.

–La tenies aquí! –vaig exclamar, sorprès.

–Vaig trobar aquest amagatall després de buscar una mica per tot l'hotel –ens deia el meu amic–. Em sembla que ningú no hi ve mai a fer res, aquí. Jo hi vindré cada dia a donar-li menjar i a treure-la de la gàbia en les hores de sol, perquè estiri una mica les potes. Aquesta nit, en Taques li pot fer companyia.

–No està malament –vaig murmurar, tot i que em sabia greu que no pogués dormir amb mi, al meu llit, després d'un dia tan ple d'emocions.

–Em sembla bé –va dir el pare, somrient–. Així no trencarem cap norma, o gairebé, i el gat estarà tranquil i a prop nostre.

Vaig deixar el transportador prop de la gàbia de la iguana. En Taques va miolar una mica, però poc. Vaig agafar un bol una mica esquerdat que vaig trobar en un racó i el vaig omplir d'aigua que sortia de l'aixeta d'un safareig.

–I si té gana? –va preguntar l'Arnau.

–Demà a primera hora aniré a comprar menjar i li'n donaré. Ara deu tenir més ganes de dormir que cap altra cosa –va dir el pare.

Em feia una mica de recança deixar-lo allà dalt, però no teníem cap altre remei. De fet, tampoc estava tan malament, aquell lloc. Era tranquil, i aïllat, i no hi havia cap perill que se'ns escapés.

Tots li vam dir bona nit, amanyagant-lo a través de les barres de ferro. Després, en Taques va fer un gran badall i va col·locar el cap sobre les potes encreuades.

Vam tenir en Taques amagat al terrat tot el temps que ens vam estar a l'hotel, que va ser prop d'un any. Al principi, el teníem a la gàbia i només el trèiem quan anàvem a donar-li menjar i a passar una estona amb ell. Però de seguida vam veure que era més feliç corrent lliure fora de la gàbia. Allà no hi havia cap perill que s'escapés. Es feia una fart de córrer darrere dels coloms i jugava amb la iguana sempre que en Teo la deixava anar pel terrat.

L'avi d'en Teo pujava tot sovint a fer companyia als dos animalons, sobretot quan nosaltres érem a l'escola. I de tant en tant hi pujava també

amb el recepcionista, amb qui s'havia fet molt amic. Mentre contemplaven el mar de teulades que s'estenia als seus peus i parlaven del sentit de la vida, els dos homes jugaven amb la iguana i en Taques, o els netejaven les gàbies, o els donaven menjar.

Un dia, quan ja portàvem un parell de mesos a l'hotel, en Norbert, amb qui no havia parlat més des del dia del rescat, va venir a trobar-me a l'hora del pati.

–Com està el teu gat? –em va preguntar, mirant a terra.

–Bé, molt bé.

–M'agradaria veure'l.

–Li preguntaré si et vol rebre –li vaig dir, dissimulant un somriure.

I llavors sí: en Norbert em va mirar, primer molt sorprès, després més confiat. I em va contestar:

–Em faria molt feliç.

I aquella mateixa setmana vam organitzar un berenar al terrat de l'hotel. La Gisela va dur en Boira, perquè jugués amb en Taques i la iguana. I l'avi d'en Teo i el recepcionista ens van pujar una xocolata desfeta que estava per a llepar-se'n els dits.

En Norbert no es va separar d'en Taques en tota l'estona. No sé pas què li explicava, mentre l'amanyagava sense parar. En Teo i l'Arnau provaven d'entrenar la iguana fent-li fer coses a partir de les consignes «busca» i «pessigolles». Però no se'n sortien.

Amb la Gisela vam estar parlant molt, moltíssim, repenjats a la barana del terrat i contemplant els colors del cel en aquella tarda de començaments de primavera.

–Em sembla que hauré de demanar als arquitectes que ens refan la casa que comptin fer-hi un terrat ben gran –li deia–. Si no, en Taques no es voldrà moure de l'hotel, ara que s'ha acostumat a córrer tant.

I així, a poc a poc, entre jocs i corredisses, amb el gust dolç de la xocolata i la sensació que alguna cosa molt íntima i molt tendra s'anava recosint, va anar passant la tarda al terrat de l'hotel.

ÍNDEX

1. On és en Taques? 7
2. On és la iguana? 18
3. Una mala notícia 29
4. En Teo té una idea 40
5. El primer intent 51
6. El segon intent 62
7. I a la tercera... 75
8. La senyora Méndez 86
9. El gat i la iguana 96